Por / By
Jorge Argueta

Ilustraciones de / Illustrations by
Elizabeth Gómez

Traducción al inglés / English translation by
Elizabeth Bell

Piñata Books
Arte Público Press
Houston, Texas

Esta edición de *Bilingüe, superhéroe* ha sido subvencionada en parte por la Clayton Fund. Le agradecemos su apoyo.

Publication of *Bilingual, Superhero* is funded in part by a grant from the Clayton Fund. We are grateful for its support.

El autor agradece a Elizabeth Bell por su trabajo como traductora y a Holly Ayala por su apoyo artístico en la producción de este libro.

The author thanks Elizabeth Bell for her translation and Holly Ayala for her artistic assistance in producing this book.

¡Piñata Books están llenos de sorpresas!
Piñata Books are full of surprises!

Piñata Books
An Imprint of Arte Público Press
University of Houston
4902 Gulf Fwy, Bldg 19, Rm 100
Houston, Texas 77204-2004

Diseño de la portada por / Cover design by Bryan Dechter

Library of Congress Control Number: 2023945262

∞ The paper used in this publication meets the requirements of the American National Standard for Permanence of Paper for Printed Library Materials Z39.48-1984.

Bilingüe, superhéroe © 2024 by Jorge Argueta
Bilingual, Superhero © 2024 by Arte Público Press
Illustrations © 2024 by Elizabeth Gómez

Printed in China by Yuto Printing
August 2023–October 2023
5 4 3 2 1

Para Rain / Lluvia, héroe de amor y de palabras como todos los niños del mundo.
—JA

Para mi papá Héctor Mario Gómez Galvarriato. Gracias por enseñarme tus superpoderes de trabajo constante.
—EG

To Rain / Lluvia, hero of love and words like all children in the world.
—JA

For my dad Héctor Mario Gómez Galvarriato. Thank you for teaching me about your superpowers of constant work.
—EG

Mi nombre es Gerónimo Pérez,
pero todos me conocen por Bilingüe.
A mí me gusta mi nombre Gerónimo,
pero me gusta más Bilingüe.

———

My name is Gerónimo Pérez,
but everybody calls me Bilingual.
I like my name Gerónimo,
but I like Bilingual better.

"Hola, ¿qué tal?"
Hi, how are you?
A veces me parece que soy un cotorro con dos lenguas:
una para el español y otra para el inglés.

"Hi, how are you?"
Hola, ¿qué tal?
Sometimes I feel like I'm a parrot with two tongues:
one for Spanish and the other for English.

Me encanta ser Bilingüe
porque puedo cambiar de inglés a español
y de español a inglés, muy fácil,
muy suave, muy chévere, muy bonito, es súúúúper bueno.

I love being Bilingual
because I can change from English to Spanish
and Spanish to English, easy as pie,
so smooth, so cool, so beautiful, suuuuper sweet.

Cuando hablo inglés y español
puedo saborear y bailar con las palabras:
frijoles —ummmm— tableta, *cell phone*, pizza —sabrosisisísimo—
patineta, *dance*, baila.

When I speak English and Spanish
I can taste the words and I dance with them:
Frijoles —ooohh— tablet, *celular*, pizza —yummmmmmy—
skateboard, dance, *baila*.

En casa, mis familiares ya saben
que soy muy trucho con el inglés y el español.
Traduzco para mi abuelita las recetas de la Dra. Johnson:
"*Take one pill every four hours*".

At home, everyone in my family
knows I'm slick with English and Spanish.
For my grandma, I translate Dr. Johnson's prescriptions:
"*Tomar una pastilla cada cuatro horas.*"

Traduzco los cuentos de mi abuelito: "Había una vez..."
Once upon a time...

I translate my grandpa's stories: "Once upon a time . . ."
Había una vez . . .

Traduzco para mi mamá
y para quien lo necesite,
como el otro día cuando íbamos en el
autobús y el conductor dijo:
"*Everybody: this bus is going to Fremont Street, to
Fremont Street only!*"

I translate for my mother
and anyone who needs it,
like the other day when we were riding
on the bus, and the driver said,
"*Señores, este bus sólo llega hasta la calle Fremont,
¡nada más!*"

—¿Ahhh, qué? ¿Cómo? ¿Qué dice? Gerónimo,
Bilingüe, ¿qué dice el conductor, m'ijo?
—*The driver says the bus is going to Fremont Street
only, Mamá.*

"Ohhh, what? Huh? What did he say? Gerónimo,
Bilingual, what did the driver just say, son?"
"*El conductor dice que el autobús sólo llegará hasta la
calle Fremont, Mamá.*"

¡Ahhh! Pero eso no es todo.
En mi escuela y en un ¡zasss!
como todo un superhéroe,
voy al rescate si algún maestro o alumno
necesita de mis superpoderes bilingües.

And that's not all.
At school, in a whoosh,
like every superhero,
I come to the rescue when a teacher or student
needs my bilingual superpowers.

—*Open your book to lesson number four.*
—La señorita Simon dice que abran sus libros en la lección número cuatro —traduzco.

———————

"Abran sus libros en la lección número cuatro."
"Miss Simon says to open your book to lesson four," I translate.

Les traduzco de volada a mis amigos las instrucciones del maestro Rick:
—Tomorrow, *don't forget to bring a picture of your pet if you have one.*

I translate in a flash our teacher Rick's instructions:
"Mañana no olviden traer una foto de su mascota, si tienen una."

Yo, Gerónimo Pérez, soy Bilingüe.

_____

I, Gerónimo Pérez, am Bilingual.

Hablo, canto, sueño en inglés y español.

I speak, sing, dream in English and Spanish.

¡Bravo, qué mágico, qué bonito, qué poderoso es ser bilingüe!
Te convierte en superhéroe . . .

Bravo, it's so magical, so wonderful, so powerful to be bilingual!
It makes you a superhero . . .

Jorge Argueta, un indio pipil nahua de El Salvador y Poeta Laureado de San Mateo County, California, 2023, es un poeta y escritor galardonado con más de veinte libros infantiles, entre ellos *Una película en mi almohada / A Movie in My Pillow* (Children's Book Press, 2001) y *Somos como las nubes / We Are Like the Clouds* (Groundwood Books, 2016), ganador del premio Lee Bennett Hopkins Poetry, citado en la lista USBBY's Outstanding International Book List, el ALA Notable Children's Books y la Cooperative Children's Book Center Choices. Su serie Madre Tierra / Mother Earth celebra el mundo natural y está compuesta de cuatro libros: *Tierra, Tierrita / Earth, Little Earth.* (Piñata Books, 2023), ganador del Salinas de Alba Award for Latino Children's Literature; *Viento, Vientito / Wind, Little Wind* (Piñata Books, 2022), ganador del premio Campoy-Ada ortorgado por la Academia Norteamericana de la Lengua Española; *Fuego, Fueguito / Fire, Little Fire* (Piñata Books, 2022); y *Agua, Agüita / Water, Little Water* (Piñata Books, 2017) ganador del premio inaugural Campoy-Ada en Poesía infantil. Su colección de poesía, *En carne propia: Memoria Poética / Flesh Wounds: A poetic Memoir* (Arte Público Press, 2017) se enfoca en su experiencia en la guerra civil y el exilio. La California Associaton for Bilingual Education lo honró con el premio Courage to Act. Además, Jorge es fundador del Festival Internacional de la Poesía Infantil Manyula y de la Biblioteca de los Sueños, una organización sin fines de lucro que promueve la lectura en las áreas metropolitanas y rurales de su país natal. Jorge divide su tiempo entre San Francisco, California y El Salvador.

Jorge Argueta, a Pipil Nahua Indian from El Salvador and the 2023 Poet Laureate of San Mateo County, California, is a prize-winning poet and author of more than twenty children's picture books. They include *Una película en mi almohada / A Movie in My Pillow* (Children's Book Press, 2001) and *Somos como las nubes / We Are Like the Clouds* (Groundwood Books, 2016), which won the Lee Bennett Hopkins Poetry Award and was named to USBBY's Outstanding International Book List, the ALA Notable Children's Books and the Cooperative Children's Book Center Choices. His Madre Tierra / Mother Earth series celebrates the natural world and is made up of four installments: *Tierra, Tierrita / Earth, Little Earth* (Piñata Books, 2023), winner of the Salinas de Alba Award for Latino Children's Literature; *Viento, Vientito / Wind, Little Wind* (Piñata Books, 2022), winner of the Premio Campoy-Ada given by the Academia Norteamericana de la Lengua Española; *Fuego, Fueguito / Fire, Little Fire* (Piñata Books, 2019); and *Agua, Agüita / Water, Little Water* (Piñata Books, 2017), winner of the inaugural Campoy-Ada Award in Children's Poetry. His poetry collection, *En carne propia: Memoria poética / Flesh Wounds: A Poetic Memoir* (Arte Público Press, 2017), focuses on his experiences with civil war and living in exile. The California Association for Bilingual Education honored him with its Courage to Act Award. In addition, Jorge is the founder of the International Children's Poetry Festival Manyula and the Library of Dreams, a non-profit organization that promotes literacy in rural and metropolitan areas of El Salvador. Jorge divides his time between San Francisco, California, and El Salvador.

Elizabeth Gómez nació en la Ciudad de México y ha vivido en California por más de 30 años. Estudió su maestría en artes plásticas en San Jose State University. Ha pintado muchos cuadros sobre la naturaleza y también ha ilustrado libros para niños. Por su trabajo como ilustradora recibió el Américas Award por el libro *Una película en mi almohada* también escrito por Jorge Argueta. Elizabeth vive en una casa con un gran roble acompañada de perros, gatos, gallinas y peces.

Elizabeth Gómez was born in Mexico City and has lived in California for more than 30 years. She received her Master's in Fine Arts from San Jose State University. She has painted many pictures related to nature and has also illustrated children's books. She received the Américas Award for her illustrations for *A Movie in My Pillow,* also written by Jorge Argueta. Elizabeth lives in a house with a big oak tree surrounded by dogs, cats, chickens and fish.